PROCÈS

DE

FIESCHI

ET DE SES COMPLICES

MOREY, PÉPIN, BOIREAU ET BESCHER.

COMPTE RENDU

DES

DÉBATS DEVANT LA COUR DES PAIRS.

ROUEN.

IMPRIMÉ PAR D. BRIÈRE,

RUE SAINT-LO, N° 7.

1836.

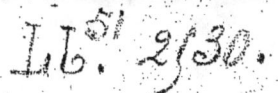

PROCÈS FIESCHI.

COMPTE RENDU
DES DÉBATS DEVANT LA COUR DES PAIRS.

Extrait du *Journal de Rouen.*

Audience du Samedi 30 Janvier 1836.

Rien n'annonce à l'extérieur du Luxembourg le grand drame judiciaire qui doit commencer aujourd'hui devant la cour des pairs. Quelques personnes à peine apparaissent aux abords de la porte d'entrée du palais des Médicis, porte par laquelle entrent pêle-mêle pairs de France, avocats, témoins, journalistes, spectateurs à billets, soldats de garde, hommes de peine, etc., etc.

Une compagnie du 4e bataillon de la 11e légion occupe la cour d'enceinte du Luxembourg. Cette compagnie est loin d'être au complet. Aucune disposition militaire de quelque importance n'a été prise, et tout annonce que le ministère est convaincu que Fieschi et ses complices présumés seront jugés au milieu du plus grand calme.

Fieschi, Pépin, Boireau et Bescher ont été transférés ce matin, à sept heures, à la prison du Luxembourg. Le *panier à salade* a servi à ce transférement. Morey, qui est encore assez malade, a été amené en fiacre, quelques instans avant l'ouverture de l'audience.

Nous voici dans la salle où vont s'ouvrir les débats. Inutile de dire que les tribunes du premier et du second étage sont remplies de spectateurs. La tribune réservée aux députés n'est pas la seule où nous remarquions les honorables du Palais-Bourbon que le sort a privilégiés. Nous apercevons M. de Golbéry au milieu des conseillers-d'état, M. d'Haubersaert parmi les fils de pairs, M. Vigier côte à côte avec des ambassadeurs.

La salle d'audience est toujours la même ; une seule

chose attire tous les regards : ce sont les pièces à conviction, c'est-à-dire :

1° La machine infernale, plusieurs canons éclatés, deux sciés à la culasse, pour les décharger ; 2° le tison qui a mis le feu ; 3° la gouttière en fer où la poudre devait être placée : elle n'a pas servi ; 4° la jalousie ; 5° deux chapeaux noirs ; 6° un paquet de hardes à Fieschi ; 7° plusieurs tringles et contre-bois ; 8° la malle qui contenait les fusils ; 9° deux chapeaux gris ; un porte à la tête la trace d'une balle qui l'a crevé ; 10° le foret prêté, dit-on, par Boireau ; le gantelet en fer de Fieschi, son martinet, son poignard, la corde ensanglantée qui lui a servi à descendre, la tringle pour charger, le maillet, un marteau, deux outils de tourneur, deux canons de fusil qui n'ont pas servi, dont un non-foré, une scie ; 11° un paquet assez considérable, renfermant la charge des canons non partis qu'on a sciés.

La tribune réservée aux témoins est très-grande. Cent un témoins à charge ont été assignés ; 50 témoins à décharge doivent également être entendus dans le cours des débats. Huit ont été assignés à la requête de Fieschi.

A midi, M. le prince de Talleyrand précède ses collègues dans la salle : il prend place à côté de M. le comte Mollien, qui paraît fort empressé auprès de lui.

Le banc des avocats est très-garni : MMes Parquin, Philippe Dupin, Patorni, Chaix-d'Est-Ange, Marie, Dupont et Jules Favre, qui doivent assister les accusés, sont à leur poste.

MM. les pairs entrent les uns après les autres. Nous remarquons que M. de Dreux-Brézé porte la plaque des chevaliers de Saint-Louis. Le noble pair paraît recevoir avec beaucoup de plaisir une poignée de main de M. de Talleyrand.

M. le duc Decazes consulte le thermomètre pour savoir si la température est confortable, et donne quelques ordres aux huissiers de la cour.

A midi et demi, les accusés sont introduits.

Pépin entre le premier, Fieschi le suit ; puis Boireau, puis Bescher, puis enfin Morey, qui est soutenu par deux gardes municipaux. L'entrée des accusés excite la plus grande curiosité : tous les yeux, pendant un quart d'heure, se concentrent sur eux. Fieschi paraît très-satisfait de l'intérêt de curiosité qu'il inspire. Voici quelques détails sur le signalement des cinq accusés, qui sont placés dans l'ordre suivant :

Fieschi, Morey, Pépin, Boireau, Bescher.

Fieschi : taille d'un mètre 64 centimètres, cheveux et sourcils châtains ; ses cheveux sont coupés fort ras, et sa coiffure ressemble beaucoup à celle d'un abbé. Ses yeux sont bruns, sa bouche assez large, son front très-découvert, son visage presque rond. Il a quelque chose de la fouine, et il serait difficile de concevoir une figure plus ignoble. Fieschi a un air très-dégagé, il sourit en entrant dans la salle, salue M. Ladvocat, qu'il aperçoit, et tend la main à MM^{es} Parquin et Chaix-d'Est-Ange, qui ont été désignés d'office pour l'assister dans sa défense. MM^{es} Parquin et Chaix-d'Est Ange s'abstiennent de répondre à l'invitation de l'assassin du boulevard du Temple.

Morey est un peu moins grand que Fieschi, ses cheveux et sourcils sont d'un gris-blanc qui annonce son grand âge. Ses yeux sont châtains, son front assez découvert et son visage très-décharné. Il est coiffé d'un petit bonnet noir. Aussitôt qu'il a gagné sa place, il tombe plutôt qu'il ne s'assied. Il a l'air fort calme, mais en même tems fort affaibli.

Pépin est le plus grand des cinq accusés : il a un mètre soixante-seize centimètres, son tronc est très-bas et sa cranologie indique très-peu de portée dans l'esprit. Pépin est très-abattu, il baisse les yeux et s'assied machinalement.

Boireau a une figure fort expressive : il porte moustache, ses yeux et ses cheveux sont bruns, son nez épâté, son frond plat, sa bouche moyenne, son visage ovale et son teint assez coloré. En somme, c'est physiquement le plus remarquable des accusés.

Bescher a des cheveux et des sourcils gris, des yeux roux, un teint très-coloré.

Boireau et lui ont une contenance très-assurée, mais cependant sans affectation.

Fieschi continue à se donner beaucoup de mouvement jusqu'à ce que la cour entre en séance. Il examine successivement toutes les tribunes : apercevant Nina Lassave qui est dans la tribune des témoins à charge, parée ni plus ni moins qu'une grande dame, il la salue affectueusement ; il paraît plein de prévenance pour les gardes municipaux qui l'entourent, il leur offre du tabac et en prend lui-même à plusieurs reprises.

Morey et Pépin s'entretiennent avec leurs avocats MM^{es} Dupont et Marie.

MM. Odilon Barrot et Benoist de Versailles viennent prendre place aux bancs du barreau.

A une heure moins un quart, un huissier annonce la cour. Quelques instans après, M. le procureur-général Martin (du Nord), accompagné de M. Franck-Carré, vient prendre place au parquet.

Voici les noms de MM. les pairs qui n'ont pas répondu à l'appel :

MM. le duc de Grammont, duc de Clermont-Tonnerre, duc de Broglie, maréchal duc de Tarente, marquis de Marbois, comte Destutt de Tracy, comte de Montbason, comte de Vaubois, maréchal marquis Maison, comte Pelet (de la Lozère), marquis de Saint-Simon, marquis d'Angosse, marquis d'Aramon, marquis d'Aragon, maréchal duc de Conégliano, duc de Praslin, baron Portal, comte Bourke, comte de Puységur, comte Emmery, marquis de Coislin, comte du Cayla, comte de Chabrillant, comte de Saint-Aulaire, maréchal duc de Dalmatie, comte de Sesmaisons, l'amiral baron Duperré, marquis de Latour-Maubourg, marquis de Boisgelin, comte de Cessac, comte Lagrange, comte Français de Nantes, vice-amiral comte Emérieu, comte Bonet, comte Gazan, Allent, comte de Montguyon, vice-amiral baron Roussin, comte Jacqueminot, vice-amiral Jurien-Lagravière, comte Colbert, baron Grenier, maréchal marquis de Grouchy, comte de Preyssac, Canson, comte Duchâtel, baron Duval, baron Brayer, comte de Rumigny, comte de Saint-Aignan, comte de Saint-Cricq, Cassaignolles.

Total des membres absens : 66.

M. le greffier en chef Cauchy procède à l'appel nominal.

Quand l'appel nominal est terminé, M. le président Pasquier engage Fieschi à se lever.

Fieschi se lève avec fierté et répond d'une manière très-décidée aux questions qui lui sont faites.

D. Vos noms et prénoms? R. Fieschi (Joseph). — D. Votre âge? R. 40 ans. — D. Votre état? R. Mécanicien? — D. Où êtes-vous né? R. A Murato (Corse). — D. Votre domicile? R. Boulevard du Temple, n° 50.

M. LE PRÉSIDENT : Morey, vous êtes malade, vous pouvez rester assis. Comment vous nommez-vous? R. R. Morey (Pierre). — D. Votre âge? R. 62 ans. — D Votre profession? R. Bourrelier? — D. Où êtes-vous né? R. A Chassaigne (Côte-d'Or). — Votre domicile? R. Paris, rue Saint-Victor, n° 23. (La voix de Morey arrive à peine jusqu'à nous.)

M. LE PRÉSIDENT : Pépin, comment vous nommez-vous? R. Pépin (Pierre-Théodore-Florentin). — Votre âge? R. 35 ans. — D. Votre profession? R. Epicier. —D. Où êtes-vous né? R. A Ramy, département de l'Aisne. — D. Où demeurez-vous? R. Rue du Faubourg-du-Temple, n° 1. (La voix de Pépin est aussi faible que celle de Morey.)

M. LE PRÉSIDENT : Boireau, comment vous nommez-vous? R. Boireau (Victor). D. Votre âge? R. 25 ans. — D. Votre profession? R. Ferblantier. — D. Où êtes-vous né? R. A La Flèche. — D. Où demeurez-vous? R. Rue Quincampoix , n° 77.

M. LE PRÉSIDENT : Bescher, comment vous nommez-vous? R. Bescher (Tell)? — D. Votre âge? R. 41 ans. — D. Votre profession. R. Relieur.—D. Où êtes-vous né? R. A Laval, département de la Mayenne. — D. Où demeurez-vous? R. A Paris, rue de Bièvre, n° 8.

Boireau et Bescher ont répondu avec beaucoup de fermeté à ces questions préliminaires.

M. LE PRÉSIDENT, s'adressant aux avocats , les invite à s'exprimer avec décence et modération, et à ne rien dire qui soit contre les lois ou contre leur conscience.

M. LE PRÉSIDENT : Accusés , soyez attentifs à ce que vous allez entendre. Greffier , donnez lecture de l'arrêt de mise en accusation et de l'acte d'accusation.

Cette lecture est à peine commencée, que des cris perçans partent de la tribune des témoins. C'est une femme qui est prise d'une attaque de nerfs; on l'emporte, et le calme se rétablit.

M. le greffier lit à haute et intelligible voix l'acte d'accusation; en voici le commencement, qui est plutôt un manifeste politique que le préambule d'un acte judiciaire :

« Les révolutions , qui remuent si profondément le corps social, portent dans leur sein des conséquences impénétrables à la prudence humaine; et que le tems seul dévoile. Dans le grand événement de juillet, tous les cœurs étaient émus , embrasés de l'amour de l'ordre et des lois. On était loin de s'attendre qu'après ce généreux élan , après cette victoire si légitime et si pure, surgirait un esprit de révolte et d'anarchie qui , s'autorisant de la révolution elle-même , prétendrait détruire ce qu'elle avait fondé. Tel est néanmoins le spectacle que la France a donné , ou plutôt telle est la lutte douloureuse qu'elle a soutenue pendant plus de quatre ans. Durant ce tems, on a vu naître et grossir un parti qui, se fortifiant de l'imprudent dédain de l'opinion publique, avait conçu la folle espérance de s'emparer du pouvoir, et qui , pour y monter et s'y maintenir, n'aurait pas hésité devant aucun des forfaits de 93.

» Les clubs s'ouvrirent: à leurs virulentes déclamations succéda le tumulte des émeutes; après les émeutes, les associations, c'est-à-dire que l'on conspira publiquement.

» Une presse incendiaire soufflait la révolte; la désorganisation sociale semblait imminente; le gouvernement se soutint par la force vitale qu'il tirait de son principe et par la sagesse qui présidait à ses destinées. Fondé sur les lois, il ne voulut se défendre que par les lois. La législature ferma les clubs, fit taire la propagande des rues, dispersa les associations, et la justice flétrit et condamna les factieux que la force publique avait vaincus.

» La cause des désordres fut comprimée, mais non détruite ; le mal était trop profond pour être extirpé en un moment. On avait bien pu dissiper les associations, mais non déraciner de tous les cœurs ces doctrines perverses qu'elles avaient prêchées à leurs adeptes.

» Parmi ces associations, il en était une qui les dominait toutes, la société des Droits-de-l'Homme ; c'était là que le fanatisme était monté au dernier excès. Des noms voués à l'infamie, et pour jamais en horreur à l'humanité, des noms d'assassins décoraient ses clubs. Marat, Robespierre, Saint-Just, Louvel et d'autres semblables ; voilà les titres qu'ils recevaient du comité central, et qu'ils justifiaient, du moins par leurs vœux et leurs prédications.

» Des écrits étaient lus et commentés dans les sections ; ce n'était le plus souvent que l'apologie de l'assassinat politique ; les menaces de mort y étaient prodiguées ; on y lit, par exemple :

« La colère d'un peuple ignorant brise un roi et con-
» serve le trône ; l'esprit de liberté, bien compris par
» l'association, brise le roi et ne conserve pas le trône !

» Les sociétés secrètes forment de rudes ennemis des
» despotes et des chiens de cour ; Sand et Staub sont un
» exemple pour nous ! »

» Tel était l'intérieur des clubs ; au dehors, la presse démagogique s'abandonnait au même délire.

» Ennemie déclarée de la constitution de l'état, c'était contre le roi qu'elle dirigeait ses coups ; c'était lui, lui avant tout, que, chaque jour, sans repos ni relâche, la presse insultait avec audace. Ecartant l'égide dont la charte le couvre, elle le livrait, défiguré par la calomnie, à la vengeance des factions. Quand on se reporte à ces attaques incessantes contre le chef de l'état, devenu moins inviolable que le plus obscur citoyen, on reste saisi d'indignation : on voit, en frissonnant, l'abîme où l'on voulait entraîner tout un peuple.

» Tout ce qu'une fureur aveugle, qui ne recule devant aucune calomnie, qui se plaît dans le cynisme du langage, peut inventer de plus outrageant, fut imputé au roi, que l'on désignait par des expressions convenues et par d'ignobles caricatures. Dans une série d'articles, sous la forme de la plus cruelle ironie, on faisait allusion à des tentatives trop réelles, et pourtant attribuées à la police avec une audacieuse perfidie ; on annonçait, chaque jour, que *le roi n'avait pas été assassiné*, pensée funeste que des séides devaient bientôt comprendre !

» Tels sont les faits qui ont précédé l'attentat du 28

juillet, et qui en furent comme les prémisses. Aussi la France s'émut, elle pressentit le crime ; une terreur vague tourmentait les esprits. Ce n'étaient de tous côtés que prédictions de sinistres de la part de ceux qui craignaient ou de ceux qui espéraient.

» L'histoire nous montre ces mêmes symptômes, lorsqu'un attentat semblable fut dirigé contre la personne d'un des plus grands et des meilleurs de nos rois.

« Il fallait bien, dit l'historien, qu'il y eût plusieurs » conspirations sur la vie de ce bon roi, puisque de vingt » endroits on lui en donnait avis ; puisqu'on fit courir le » bruit de sa mort en Espagne et à Milan ; puisqu'il passa » un courrier par la ville de Liége, huit jours avant qu'il » fût assassiné, qui dit qu'il portait la nouvelle au prince » d'Allemagne qu'il avait été tué. »

» C'est qu'Henri IV était aussi poursuivi par la haine violente d'une faction ; c'est qu'alors comme aujourd'hui la conscience publique s'alarmait de la propagation des plus funestes doctrines, et en prévoyait les conséquences.

» A la veille du 28 juillet, plusieurs journaux de province publièrent en même tems un article transmis de la capitale : on y lisait :

« On continue à dire que Louis-Philippe sera assassiné » ou plutôt qu'on tentera de l'assassiner à la revue du 28 ; » ce bruit a sans doute pour but de déterminer sa bonne » garde nationale à venir, nombreuse, le protéger de ses » baïonnettes. »

» Par une étrange coïncidence, certains journaux, dans un langage mystérieux, ou par des signes symboliques, semblaient prophétiser une sanglante catastrophe.

» C'est ainsi que le Corsaire du 28 juillet, faisant allusion à l'arrivée du roi sur la place Vendôme, disait :

» On parie pour l'éclipse totale du Napoléon de la » paix. »

» Le journal la France, rendant compte de la journée du 27 juillet, appelée par le programme la fête des morts, terminait ainsi l'article de son numéro du 28 :

« Peut-être est-ce la fête des vivans, à qui, par compen- » sation, il est réservé de nous offrir le spectacle d'un en- » terrement ; nous verrons bien cela demain ou après- » demain. »

» Enfin, la veille même du crime, le Charivari imprimait son numéro du 27 en caractères d'un rouge de sang.

» Il y a loin sans doute de ces faits à une complicité directe et réfléchie ; mais jouer ainsi avec une pensée funeste, y accoutumer les esprits, en dissimuler l'horreur par le badinage et l'ironie, c'était un exemple coupable et dangereux, dans un pays surtout où l'on s'émeut si aisément, où le ridicule conduit si vite au mépris, et le mépris à l'abandon. Aussi la puissance royale, base de nos libertés, ne peut-elle être chez nous trop respectée, trop inviolable. »

L'acte d'accusation entre dans le détail de l'attentat du 28 juillet. Il en énumère et en commente toutes les circonstances, et cherche à tirer de ces circonstances la preuve que c'est à la *société des Droits-de-l'Homme*, dans laquelle il personnifie tout le parti républicain, qu'il faut attribuer l'épouvantable événement du boulevard du Temple.

Pendant toute la lecture de l'acte d'accusation, Fieschi se donne le plus grand mouvement : son visage s'anime, ses yeux brillent comme deux éclairs : tantôt il se croise les bras, tantôt il les lève en l'air ; tantôt il se penche en avant, tantôt il se recourbe en arrière. De tems en tems, lorsqu'il est question de ses co-accusés, il se tourne vers eux et les regarde avec ironie.

Fatigué sans doute d'être assis, Fieschi se lève et promène ses regards sur ses juges. Le front de l'accusé est sillonné de cicatrices. Un petit morceau de taffetas noir en couvre encore la partie gauche.

Fieschi porte une redingote noire d'apparence neuve ; Morey a une redingote grise très-ample ; Pépin porte un habit noir, Boireau a une redingote marron avec collet de velours, Bescher a le même vêtement, mais en bleu.

L'acte d'accusation se termine ainsi :

« Telles sont les charges que l'instruction a produites contre les cinq accusés. Si, après avoir considéré chacun d'eux dans son rôle individuel, on veut les mettre en présence et les voir agir simultanément, voici comme ils se présentent :

» Pour l'exécution, il fallait un fanatique exalté, ou quelque nature audacieuse dont toute l'énergie fût tournée au crime et aspirât à quelque grand forfait : Fieschi s'est trouvé là sous la main de ceux qui pouvaient l'employer. Morey le connaissait, il avait compris ce caractère résolu et profondément dissimulé ; il lui donna asile, et de leur rapprochement naît la pensée du crime. Le plan de la machine est préparé ; on s'adresse à Pépin, car on a besoin de sa bourse ; elle s'est ouverte plus d'une fois pour de mauvais desseins. Pépin n'hésite pas, on le trouve tout prêt, au premier mot, comme s'il attendait la confidence. « Si l'homme est solide, dit-il, on peut faire les frais, je » les ferai, moi. » Et aussitôt l'homme est appelé chez Pépin ; le plan de la machine est exécuté en bois ; les dépenses qu'elle peut entraîner sont fixées et la répartition convenue.

» Mais Fieschi est déjà en butte aux poursuites de la justice : il faut l'y soustraire, le tenir caché sous un faux nom, et comme en réserve pour le jour de l'attentat ; il faut aussi, l'acte accompli, assurer sa fuite. Bescher, initié au complot, prête son nom, et avec l'assistance de Morey et de Vayron, il obtient un livret et un passeport : Morey donne le livret à Fieschi, qui en use aussitôt : il garde le passeport en dépôt.

» Après d'assez longues recherches durant lesquelles Fieschi reçoit asile chez Pépin, un appartement est trouvé ; Pépin le visite, en approuve le choix, en paie le loyer et les meubles.

» Il s'agit de construire la machine.

» Le bois est acheté ; Pépin et Fieschi sont ensemble ; Pépin le paie ; Fieschi l'emporte et le fait travailler.

» Comment la machine sera-t-elle armée ? C'est ici qu'il faut déployer une grande adresse pour éviter toute révélation, toute imprudence, Fieschi pourvoit à tout. Des canons de fusil produiront, dit-il, le même effet que des fusils. L'expérience de la traînée de poudre, faite entre les trois complices, confirme ses prévisions. De simples canons sont d'une acquisition aisée ; il les introduira facilement chez lui sans éveiller de soupçons. Fieschi achète donc les canons ; la veille il est allé au Temple avec Morey pour se procurer la malle dans laquelle il les portera.

» Alors paraît Boireau ; c'est lui qui prête à Fieschi l'instrument dont il a besoin pour percer les canons ; c'est lui encore qu'on voit avec Fieschi chez le serrurier auquel ils vont tous deux commander la barre de fer qui doit maintenir les canons et recevoir la traînée de poudre.

» Les canons sont chargés par Morey et aussitôt mis en place ; Boireau passe à cheval sur le boulevard pour donner le point de mire ; Pépin n'ose y passer lui-même ; la pensée de la machine le fait frissonner, non de remords, mais de peur.

» Le moment de l'exécution arrive : Fieschi entre dans son logement ; Morey l'attend dans les environs pour lui remettre le passeport de Bescher, Pépin se tient à l'écart, ou plutôt il est déjà caché ; Boireau est sur le boulevard, au milieu de ses amis tout prêts pour l'événement.

» Que si maintenant, tous les faits étant connus, on veut assigner au crime son vrai caractère sous le point de vue politique, il faut reconnaître qu'il est le fruit naturel des doctrines de la société des Droits-de-l'Homme. C'est là que devaient conduire ces frénétiques prédications des clubs, ces ordres du jour sanguinaires, ces pamphlets où le régicide était érigé en acte moral et de haute politique, ces noms réveillant sans cesse des idées de poignard et d'échafaud.

» Aussi dans l'attentat qui voyons-nous ? Des membres de cette association :

» Pépin, chef de la section Romme ;

» Morey, de la même section ;

» Bescher, chef de la section Marat.

» Les deux sections, Romme et Marat, dépendaient du même arrondissement.

» Boireau, de son propre aveu, était sur le point d'entrer dans la Société lorsqu'elle s'est dissoute, et son arrestation au café des Deux-Portes, dans une émeute républicaine, avec un grand nombre de sectionnaires, ne permet pas de douter que déjà il en fît partie.

» Quant à Fieschi, il ne paraît pas qu'il ait été sectionnaire, mais il affichait des opinions républicaines, et dans l'attentat il a été instrument autant qu'auteur principal.

» Ce n'est pas tout : les individus qui, sans participer au crime, se trouvent mêlés aux actes qui s'y rapportent, sont aussi de la société des Droits-de-l'Homme.

» Vayron, dont le nom figure avec celui de Morey sur le passeport de Bescher, était chef de la section des Gueux.

» Nolland, qui reçoit la malle de Fieschi, le 28 juillet, était membre de la section Romme, dont Pépin était chef.

» Martinault, qui, de l'aveu de Boireau, a passé avec lui presque toute la journée du 28, était un ancien chef de section.

» En présence de ces faits, deux vérités resteront constantes : le crime est né des doctrines de la société des Droits-de-l'Homme ; la société des Droits-de-l'Homme devait profiter du crime.

» On voit, dès-lors, combien il était sage et nécessaire d'arrêter la propagation de ces principes, qui ne tendaient à rien moins qu'à bouleverser par le plus horrible des forfaits, non pas telle forme du gouvernement, mais l'ordre social tout entier.

» En conséquence, les susnommés sont accusés : 1° Fieschi (Joseph), Morey (Pierre), Pépin (Pierre-Théodore-Florentin), Boireau (Victor), Bescher (Tell), d'avoir concerté et arrêté entre eux la résolution de commettre un attentat contre la vie du roi et contre celle des membres de la famille royale ; ladite résolution suivie d'actes commis ou commencés pour en préparer l'exécution ;

» 2° Fieschi (Joseph) de s'être rendu coupable, 1° d'attentat contre la vie du roi et contre la vie des membres de la famille royale ; 2° d'homicide volontaire commis, avec préméditation et guet-apens sur la personne du maréchal duc de Trévise, du général Lachasse de Vérigny, du colonel Raffé, du comte Villatte, des sieurs Rieussec, Léger, Ricard, Prudhomme, Benetter, Inglar, Ardoins, Labrouste, Leclerc, des dames Briosne, Ledhernez, Langoret, des demoiselles Remy et Rose Alyson; 3° de tentative d'homicide commise volontairement, avec préméditation et guet-apens, sur la personne du général comte de Colbert, du général baron Brayer, du général Pelet, du général Heymès, du général Blein, des sieurs Chamarande, Marion, Goret, Chauvin, Royer, Vidal, Delépine, Ledhernez, Amaury, Bonnet, Baraton, Roussel, Frachedond; de la veuve Ardoins, de la dame Ledhernez et de la demoiselle François;

» Laquelle tentative, manifestée par un commencement d'exécution, n'a manqué son effet que par des circonstances indépendantes de la volonté de son auteur;

» 3° Morey (Pierre), Pépin (Pierre-Théodore-Florentin), Boireau (Victor), Bescher (Tell), de s'être rendus complices des crimes ci-dessus spécifiés, soit en donnant des instructions pour les commettre, soit en provoquant à les commettre par dons, promesses, machinations ou artifices coupables, soit en procurant des armes, des instrumens ou tous autres moyens ayant servi à les commettre, sachant qu'ils devaient y servir; soit en ayant, avec connaissance, aidé ou assisté l'auteur de l'action dans les faits qui l'ont préparée ou facilitée, et dans ceux qui l'ont consommée;

» Crimes prévus par les art. 59, 60, 86, 88, 89, 295, 296, 297 et 298 du code pénal. »

La lecture de l'acte d'accusation a duré à-peu-près deux heures; MM. les pairs l'ont écouté avec l'attention la plus soutenue.

Tous les accusés, moins Fieschi, ainsi que nous l'avons déjà dit, ont gardé le plus grand calme pendant cette lecture.

M. Franck-Carré, qui est fort pâle et qu'on dit indisposé, a dû quitter plusieurs fois l'audience.

M. Martin (du Nord) a suivi fort attentivement la lecture de son travail, ou plutôt du travail qu'on est convenu de lui attribuer, d'après les formes de la procédure et les habitudes de palais.

M. Martin (du Nord) ne discutera que les faits généraux et l'ensemble de l'accusation: toutes les questions de détails, c'est-à-dire toute la partie la plus difficile du procès, sont abandonnées à son assesseur.

M. le prince de Talleyrand a profondément dormi pendant la plus grande partie de la lecture de l'acte d'accusation.

Après cette lecture , M. le président Pasquier dit :
M. le greffier va donner lecture de la liste des témoins
assignés à la requête de M. le procureur-général.

Cette lecture a lieu. M. le lieutenant-colonel Ladvocat
est au nombre des témoins assignés.

M. le greffier lit ensuite la liste des témoins à décharge
assignés à la requête des accusés. M. Baude , ex-préfet de
police , est assigné à la requête de Fieschi.

M. LE PRÉSIDENT : Huissiers , faites retirer les témoins.
L'audience est suspendue pour un quart-d'heure.

Les pairs ont à peine quitté la salle, que Fieschi se lève
et s'emporte en menaces et en injures contre ses co-accusés ; nous n'entendons pas ce qu'il leur dit, mais un
membre du barreau vient nous rapporter qu'entre autres
choses il leur a dit : « Vous êtes une vile canaille , un tas
de lâches ! »

Les gardes municipaux font sortir les cinq accusés et
les accompagnent.

A quatre heures, la cour et les accusés rentrent en
séance. Fieschi a changé de place ; on l'a mis au milieu,
parce que c'est par lui que doivent commencer les interro-
gatoires.

Fieschi paraît très-satisfait de se trouver ainsi placé ; il
est toujours debout et a toujours le même air d'impa-
tience et d'impudence.

M. LE PRÉSIDENT : Fieschi, vos défenseurs sont pré-
sens ?— R. Oui, Monsieur le président.

D. N'est-ce pas vous qui, le 28 juillet, entre midi et une
heure, avez mis le feu à une machine composée de vingt-
quatre fusils , dont l'explosion a tué ou blessé plus de
quarante personnes et mis en péril les jours du roi ? — R.
Oui , Monsieur.

Les questions suivantes sont relatives à la confection de
la machine, à la manière dont elle était disposée, aux
canons dont elle se composait , à la charge qu'ils conte-
naient, etc.

D. N'avez-vous pas été blessé par l'explosion de quelques
canons qui ont éclaté ? — R. Les preuves en sont là : voici
ma tête. (Mouvement.)

D. Quand vous avez été arrêté, n'avez-vous pas
voulu frapper un garde national ? — R. Voici ce qui s'est
passé : Ce garde national m'avait donné un coup de poing,
et comme je n'en ai jamais reçu sans m'en venger aussitôt,
la pensée me vint que j'avais un poignard sur moi, j'allais
l'en frapper, mais par une bonne inspiration , je me dis :
Ce serait une victime de plus , et je jetai mon poignard.

On représente à l'accusé son poignard , son martinet
et les autres objets qui ont été trouvés dans sa chambre.
Il les reconnaît.

D. On a trouvé dans votre chambre un portrait du duc de Bordeaux : pourquoi s'y trouvait-il ? — **R.** Parce que j'étais bien aise de faire croire, pour mettre la police en déroute, que c'était un carliste qui avait fait le coup.

D. Etiez-vous seul dans votre chambre, quand vous avez mis le feu à votre machine? — **R.** Oui, Monsieur, absolument seul.

D. Cependant, on a trouvé plusieurs chapeaux dans votre chambre, Qu'est-ce que cela veut dire? — **R.** J'avais deux chapeaux, un gris et un noir tout neuf, qu'on m'a volé. Quant aux autres, je ne sais pas d'où ils peuvent provenir. Voilà la vérité.

D. Persistez-vous à dire que vous n'avez été assisté par personne dans le fatal moment où vous vous êtes trouvé ? **R.** Je persiste. Depuis le 27 au soir, je n'ai vu personne; je répète que j'étais seul dans ma chambre, que seul je me suis évadé par la corde qui était attachée à la fenêtre de mon appartement.

D. Aviez-vous l'intention de tuer le roi? **R.** Monsieur le président, je dois vous dire encore la vérité, comme je vous l'ai déjà dite : oui, je voulais tuer le roi. Peut-être au moment de commettre mon crime, la pensée d'y renoncer m'est-elle venue : je ne sais, je n'y étais plus; mais je n'ai pas voulu passer pour un lâche; j'avais donné ma parole et je l'ai tenue.

D. Qui donc a pu vous porter à commettre une aussi horrible action? Est-ce le fanatisme, ou sont-ce de grandes promesses? car tout concourt à prouver que vous n'avez pas été l'instrument d'une vengeance personnelle.

FIESCHI : Je dois réclamer votre indulgence ; je ne connais pas la langue française, et je ne m'explique pas. Cependant, je vais tâcher de me faire comprendre.

Ici Fieschi raconte toute l'histoire de sa vie ; il énumère tous ses malheurs, et finit par dire, en parlant de ses co-accusés, qu'ils n'étaient pas dignes d'avoir un complice comme lui. (Sensation.)

D. Avez-vous fait partie de la société des Droits-de-l'Homme ou de quelqu'autre société ? — **R.** D'aucune, Monsieur le président.

D. Voyiez-vous quelquefois des membres de ces sociétés? — **R.** Il est possible que j'en aie vu ; mais je ne les connaissais pas. Il y avait cinq ou six jeunes gens qui mangeaient à la même table que moi, je ne sais pas quelle était leur opinion.

D. Et la vôtre, quelle était elle ? — Fieschi répond en forçant sa voix : J'ai toujours été bonapartiste.

D. Ne vous êtes-vous trouvé souvent avec des ennemis du gouvernement, avec des hommes qui déclamaient contre lui, qui prétendaient qu'il fallait le renverser? — R. Croyez-vous que MM. Baude, Ladvocat et le respecble M. Caune soient ennemis du gouvernement? (On rit.)

D. Quand vous étiez attaché au journal la *Révolution*, ne vous y appelait-on pas le *vétéran républicain?* — R. Impossible, Monsieur, la *Révolution* était pour le fils de Bonaparte.

Après quelques questions sans importance, M. le président demande à Fieschi :

Quand avez-vous eu l'idée de votre machine? — R. A la fin de 1834.

D. C'est vous qui avez eu l'idée de cette machine? — R. Oui, Monsieur, moi seul. Quand l'idée m'en est venue, je l'ai communiquée à Morey, et il m'a dit aussitôt: Diable! ça pourrait joliment servir pour Louis-Philippe.

D. Savez-vous si Morey était de la société des Droits-de-l'Homme? — R. Non, Monsieur.

D. Savez-vous s'il était républicain? — R. Ah dam! il m'a quelquefois parlé de la république. Un jour, en causant de M. Ladvocat, je me servis de cette expression : *mon maître*. Morey s'indigna, il me dit : Tous les citoyens sont égaux. Au surplus, je ne sais pas trop ce qu'est la république d'aujourd'hui; je connais beaucoup plus l'ancienne république, la république de Rome.

D. Avez-vous demeuré long-tems chez Morey? — R. Deux mois.

D. Pendant ce laps de tems, vous avez vécu à ses frais? — R. Oui, Monsieur.

D. Quand vous avez quitté Morey, dans quelle situation étiez-vous? — R. Dans le plus grand dénuement. Cette malheureuse femme que vous savez (la femme Petit) m'avait volé jusqu'à ma chemise pour la donner à d'autres qu'il est inutile de nommer.

D. En sortant de chez Morey, n'êtes-vous pas allé travailler chez un nommé Lesage, marchand de papiers peints? — R. Oui, Monsieur.

D. Qui vous y a fait entrer? — R. Morey : c'est lui qui m'a donné un livret.

D. Vous avez dit tout-à-l'heure que, lorsque vous aviez montré le modèle de votre machine à Morey, il vous avait fait aussitôt des ouvertures sur l'emploi qu'on en pourrait faire. Cette déclaration est grave, interrogez votre conscience et dites-moi si vous y persistez? — R. J'y persiste.

D. A la même époque, Morey ne vous a-t-il pas dit qu'il était bien fâché de ne pas être riche; que, sans cela, il aurait acheté ou loué une maison voisine de la chambre des députés, qu'il aurait pratiqué une mine sous la chambre, et qu'un jour d'ouverture de session, il aurait fait sauter le roi et les deux chambres ? — R. Oui, Monsieur, il m'a parlé de ce projet ; mais je lui ai démontré qu'il était impraticable.

D. Morey ne vous a-t-il pas dit quelquefois qu'il était fort adroit, et que s'il tenait Louis-Philippe au bout de son fusil, il ne le manquerait pas ? — Oui, Monsieur, et c'est vrai : il était le plus fameux tireur du quartier.

M. LE PRÉSIDENT adresse à l'accusé quelques questions sur ses premiers rapports avec Morey. Les réponses de Fieschi sont sans importance.

D. Lorsque le modèle de votre machine fut présenté à Pépin, ne fut-il pas question de la somme qu'il faudrait pour l'établir ? — R. Il fut question de cela entre moi, Pépin et Morey. Je dis à Pépin que cela pourrait coûter cinq cents francs, et il me répondit : Ce n'est pas là ce qui nous arrêtera dans notre affaire.

D. Fut-il alors question de l'exécution de votre crime ? — D. Oui, Monsieur, nous décidâmes que ce serait pour la fête du roi.

D. Et alors vous cherchâtes un logement ? — Oui.

D. A quelle époque était-ce ? — C'était vers la mi-mars.

D. Avez-vous été long-tems à trouver un appartement ? — R. Non ; j'en vis un qui me convenait assez pour mon affaire, sur le boulevard des Filles-du-Calvaire ; mais celui du boulevard du Temple me convenait davantage, et j'en parlai le soir même, du côté des Greniers-d'Abondance, à Morey et à Pépin.

D. Vous étiez seul pour chercher un logement ? — R. Oui, mais le lendemain, Morey vint avec moi ; il donna cent sous d'arrhes au portier, en déclarant qu'il était mon oncle, qu'il se chargeait de tout.

D. Quel nom prîtes-vous en louant votre appartement ? — R. Le premier venu : celui de Girard.

D. A quelle époque avez-vous occupé votre logement sur le boulevard du Temple ? — R. Quinze jours avant le terme.

D. Et auparavant, où avez-vous logé ? — R. Chez un nommé Renaudia, un logeur. Sa femme me fit mettre dehors, parce qu'elle me voyait de mauvais œil.

D. Mais qui vous avait donné de l'argent pour être reçu dans cette maison ? — R. Personne. Je travaillais ; je n'ai jamais reçu d'argent. Je suis un grand criminel, un très-grand criminel, mais je ne suis pas un assassin. Un assassin, c'est celui qui assassine un homme pour lui voler sa bourse : moi, je n'ai pas fait mon coup pour cela ; je ne suis donc pas un assassin. Je suis un grand criminel, et c'est comme cela que j'espère que l'univers me considérera. (Mouvemens en sens divers.)

M. le président pose à l'accusé quelques questions sur les relations qui existaient entre Pépin et Cavaignac. Fieschi répond que Pépin allait tous les huit jours à Sainte-Pélagie, et qu'il y voyait Cavaignac ; il y voyait aussi Guinard et d'autres.

D. Ne lisiez-vous pas souvent les journaux chez Pépin?— R. Tous les matins, avant d'aller à mon travail, je passais chez Pépin, et j'y lisais le *Réformateur*. Quand il y avait un passage un peu fort, Pépin me disait : « A la bonne heure ! voilà comme il faut écrire. »

D. Pépin ne vous a-t-il pas dit un jour : Il y a tant de gens qui vont aux galères pour un billet de mille fancs, et on n'en trouvera pas un pour faire son affaire à Louis-Philippe? —R. Ce fait est vrai.

D. Pépin ne vous a-t-il pas parlé d'un général?—R. Oui, il m'a parlé d'un général qui lui avait dit : « Nous ne trouverons donc pas un homme pour nous débarrasser de Louis-Philippe? »

D. Avez-vous su le nom de ce général?—R. Non, Monsieur le président.

D. N'avez-vous pas, un jour, assisté à un grand dîner chez Pépin?—R. Oui, il y avait à ce dîner M. Recurt et un député. M. Recurt a parlé du procès des accusés d'avril ; Morey causait de chasse avec son voisin. A la fin du repas, Pépin adressa au député ces mots : « Mais si Louis-Philippe venait à mourir, qu'arriverait-il? » Le député répondit : « Son fils lui succéderait ; le roi est mort, vive le roi ! » Alors Pépin ajouta : « Eh bien! *laissons bouillir le mouton.* »

M. le président Pasquier interroge Fieschi sur les différentes personnes qu'à diverses reprises il a vues chez Pépin. Fieschi raconte très-longuement, et du ton d'un homme qui a appris par cœur ce qu'il dit, tout ce qu'il a vu et entendu chez Pépin. Il parle surtout du prince de Rohan, et des démarches qu'il voulut faire auprès de lui pour être mis en communication avec le général Damas, qui était en Suisse. Fieschi raconte que Pépin, en lui parlant du prince de Rohan, lui dit : « C'est un cousin de Louis-Philippe, mais ils ne sont pas amis. Depuis qu'il sait que c'est un ambitieux, il ne veut plus entendre parler de lui. »

D. Pépin vous a-t-il quelquefois prêté des livres? — R. Non : il m'offrit un jour la *Jérusalem Délivrée* ; mais je l'avais lue en italien, et je n'acceptai pas.

D. Et vous, lui prêtiez-vous des livres? — R. Je lui ai un jour prêté un volume de Cicéron.

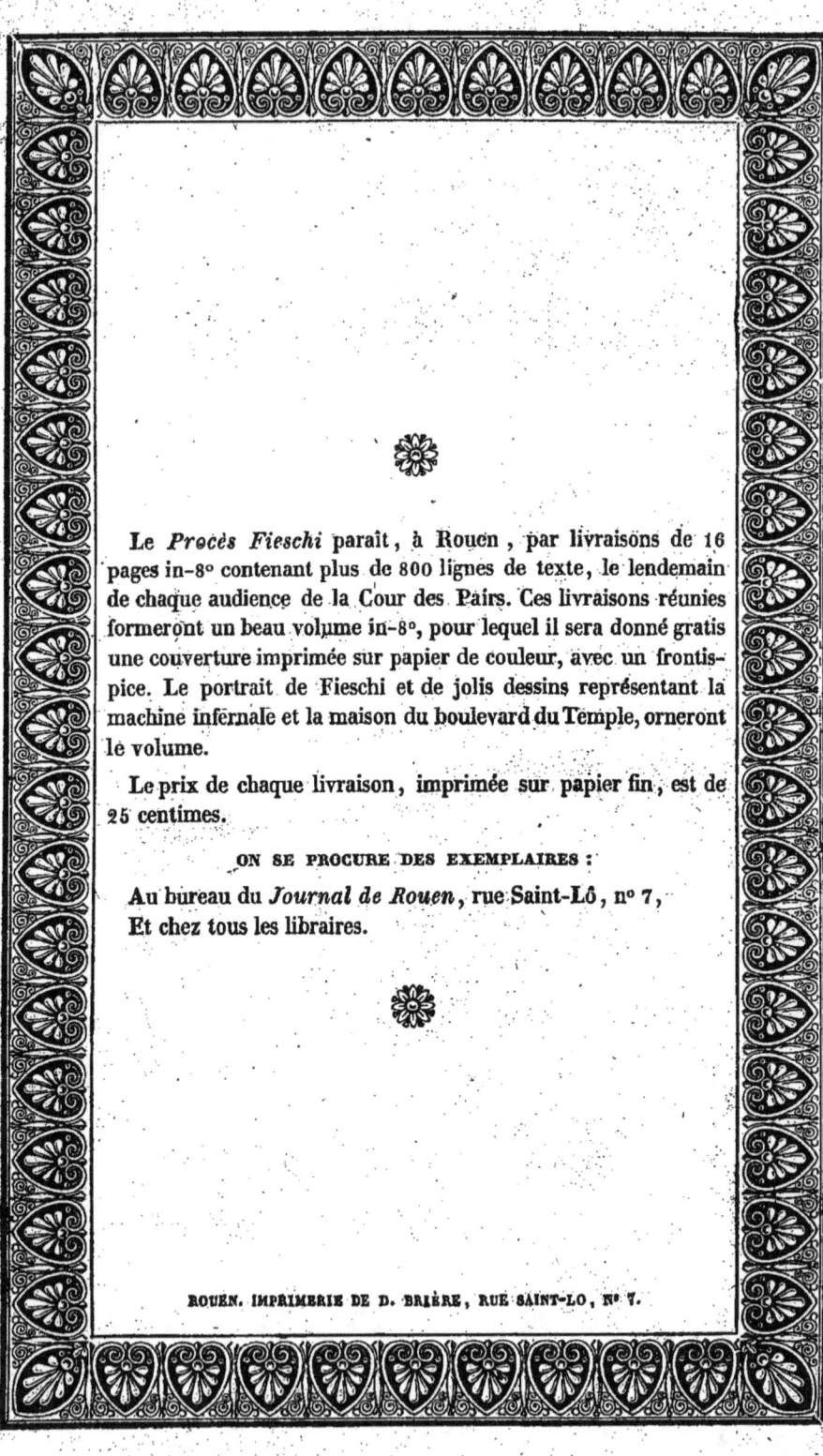

Le *Procès Fieschi* paraît, à Rouen, par livraisons de 16 pages in-8° contenant plus de 800 lignes de texte, le lendemain de chaque audience de la Cour des Pairs. Ces livraisons réunies formeront un beau volume in-8°, pour lequel il sera donné gratis une couverture imprimée sur papier de couleur, avec un frontispice. Le portrait de Fieschi et de jolis dessins représentant la machine infernale et la maison du boulevard du Temple, orneront le volume.

Le prix de chaque livraison, imprimée sur papier fin, est de 25 centimes.

ON SE PROCURE DES EXEMPLAIRES :

Au bureau du *Journal de Rouen*, rue Saint-Lô, n° 7, Et chez tous les libraires.

ROUEN. IMPRIMERIE DE D. BRIÈRE, RUE SAINT-LÔ, N° 7.

www.ingramcontent.com/pod-product-compliance
Lightning Source LLC
Chambersburg PA
CBHW061416170626
46811CB00005B/2011